Die Vier von der Baker Street

Band 7
Die Moran-Affäre

»Ich schätze meine Hilfspolizisten,
die Baker Street Boys.«
Sherlock Holmes
Arthur Conan Doyle,
Das Zeichen der Vier

Text: **J.B. DJIAN & OLIVIER LEGRAND**
Zeichnungen und Farben: **DAVID ETIEN**

Jean-Blaise Djian

Olivier Legrand

David Etien

Weitere Veröffentlichungen:

Djian
Die Kapuzinerschule | Splitter
Der große Tote | Ehapa
In tiefer Nacht | Arboris

Legrand
La Tombelle | Proust
Parabellum | Proust

Etien
Chito Grant | Proust

SPLITTER Verlag
1. Auflage 02/2017
© Splitter Verlag GmbH & Co. KG · Bielefeld 2017
Aus dem Französischen von Tanja Krämling
LES QUATRE DE BAKER STREET: L'AFFAIRE MORAN
Copyright © 2016 Éditions Glénat / Vents d'Ouest
Bearbeitung: Anne Thies, Oliver W. Kühl
Lettering: Heidrun Imo
Covergestaltung: Sandra Scheips
Herstellung: Horst Gotta
Druck und buchbinderische Verarbeitung:
AUMÜLLER Druck / CONZELLA Verlagsbuchbinderei
Alle deutschen Rechte vorbehalten
Printed in Germany
ISBN: 978-3-86869-708-7

Weitere Infos und den Newsletter zu unserem Verlagsprogramm unter:
www.splitter-verlag.de

News, Trends und Infos rund um den deutschsprachigen Comicmarkt unter:
 **www.comic.de**
Verlagsübergreifende Berichterstattung mit
vielen Insiderinformationen und Previews!

Band 1 | Das Geheimnis des Blauen Vorhangs
ISBN: 978-86869-173-3

Band 2 | Die Akte Raboukin
ISBN: 978-3-86869-174-0

Band 3 | Die Nachtigall von Stepney
ISBN: 978-3-86869-175-7

Band 4 | Die Waisen von London
ISBN: 978-3-86869-176-4

Band 5 | Das Erbe von Professor Moriarty
ISBN: 978-3-86869-706-3

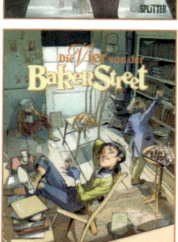
Band 6 | Der Mann vom Yard
ISBN: 978-3-86869-707-0

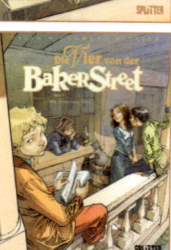
Band 7 | Die Moran-Affäre
ISBN: 978-3-86869-708-7

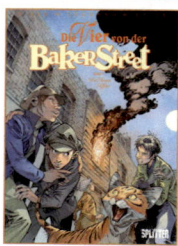
Ebenfalls lieferbar:
Sonderband | Die Welt der Vier von der Baker Street
ISBN: 9-783-86869-705-6

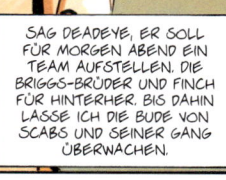

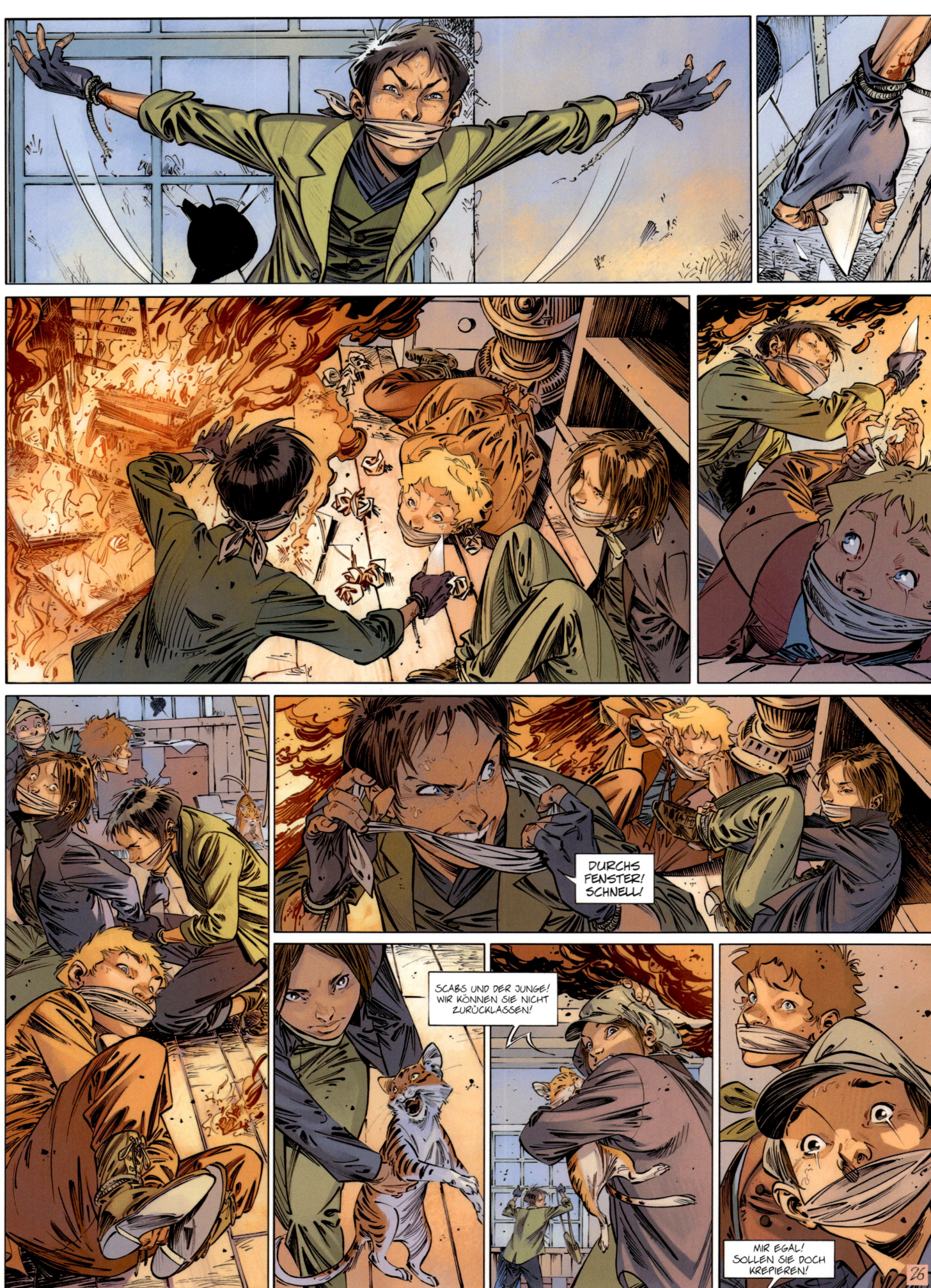

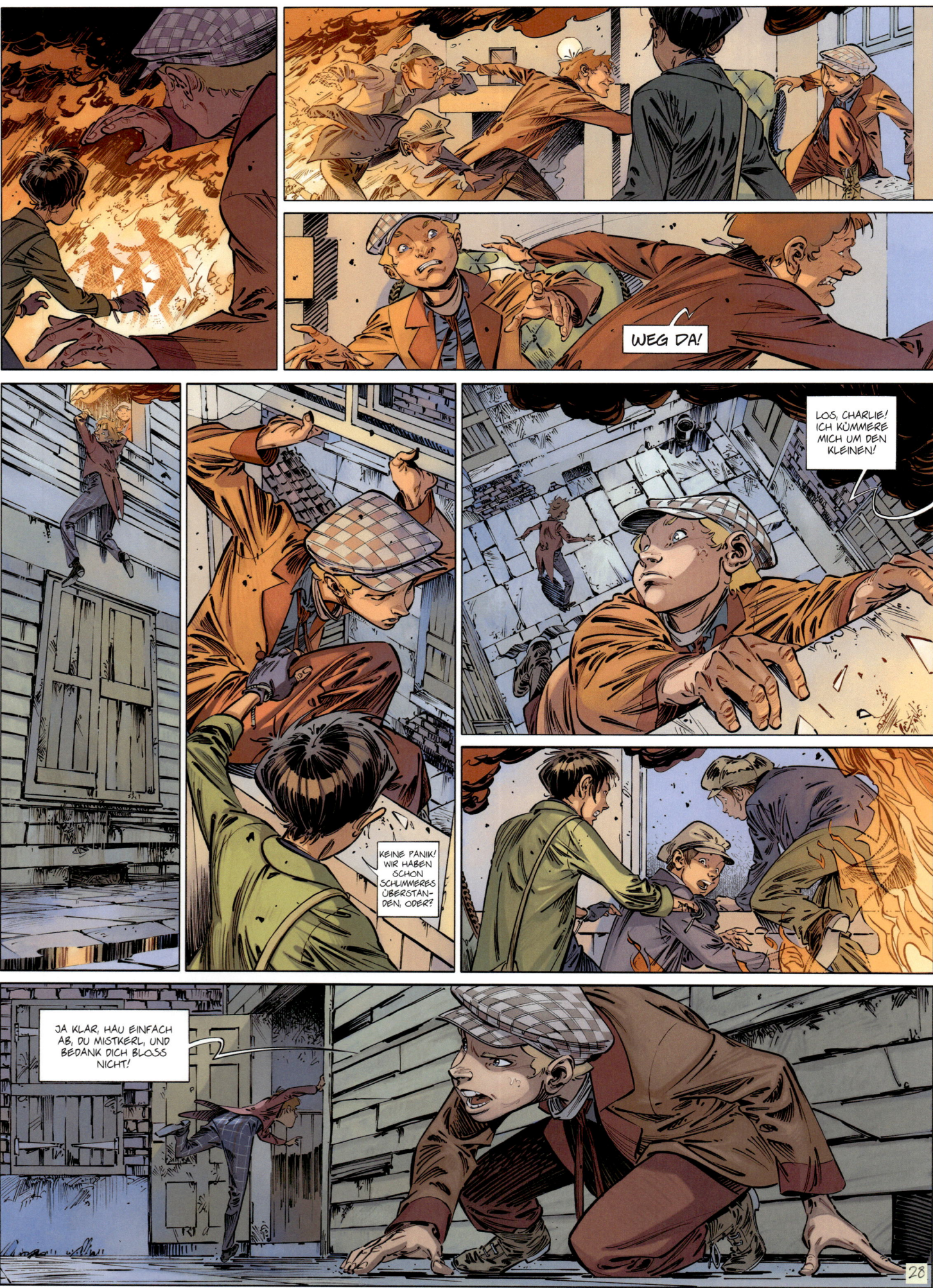

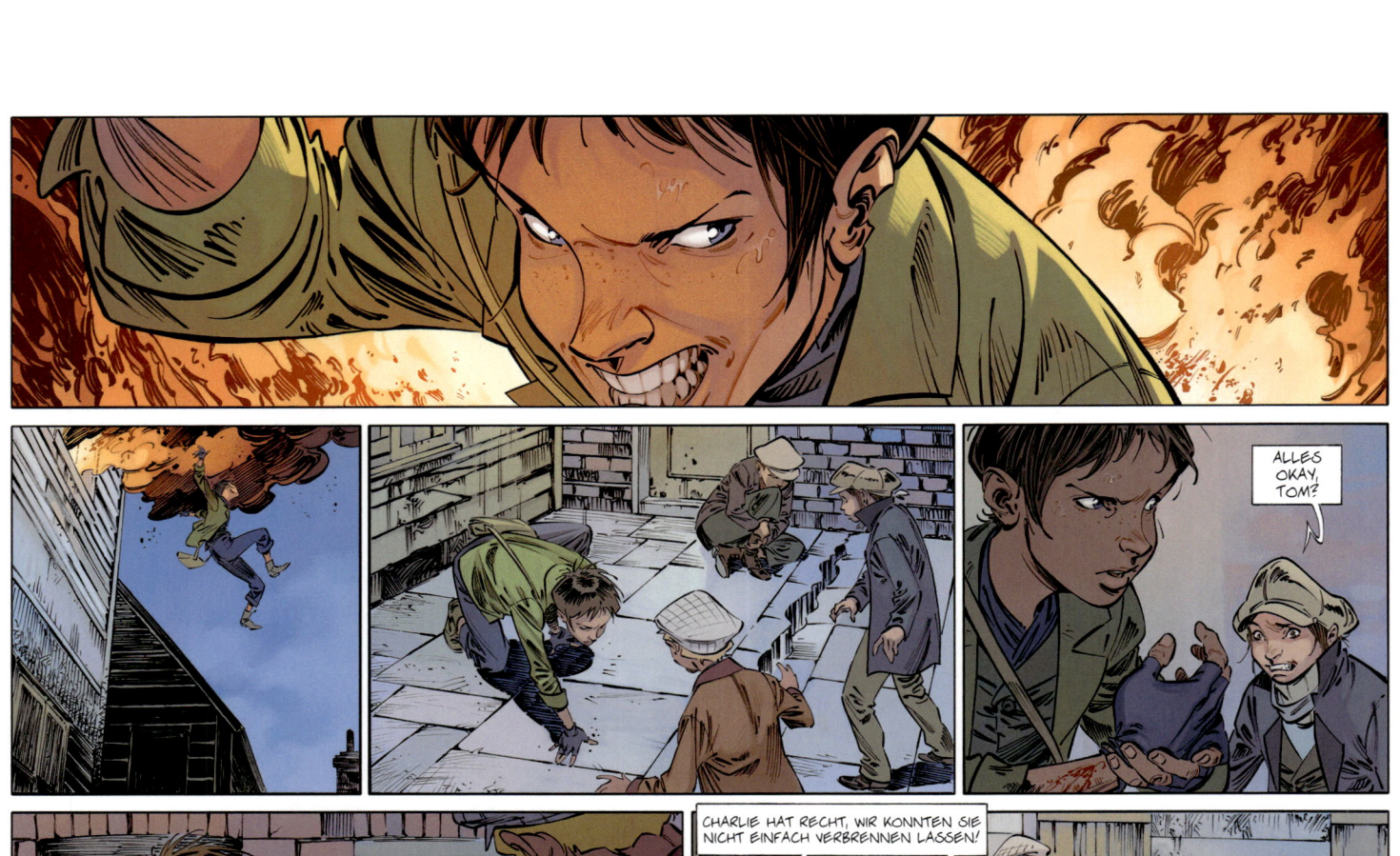

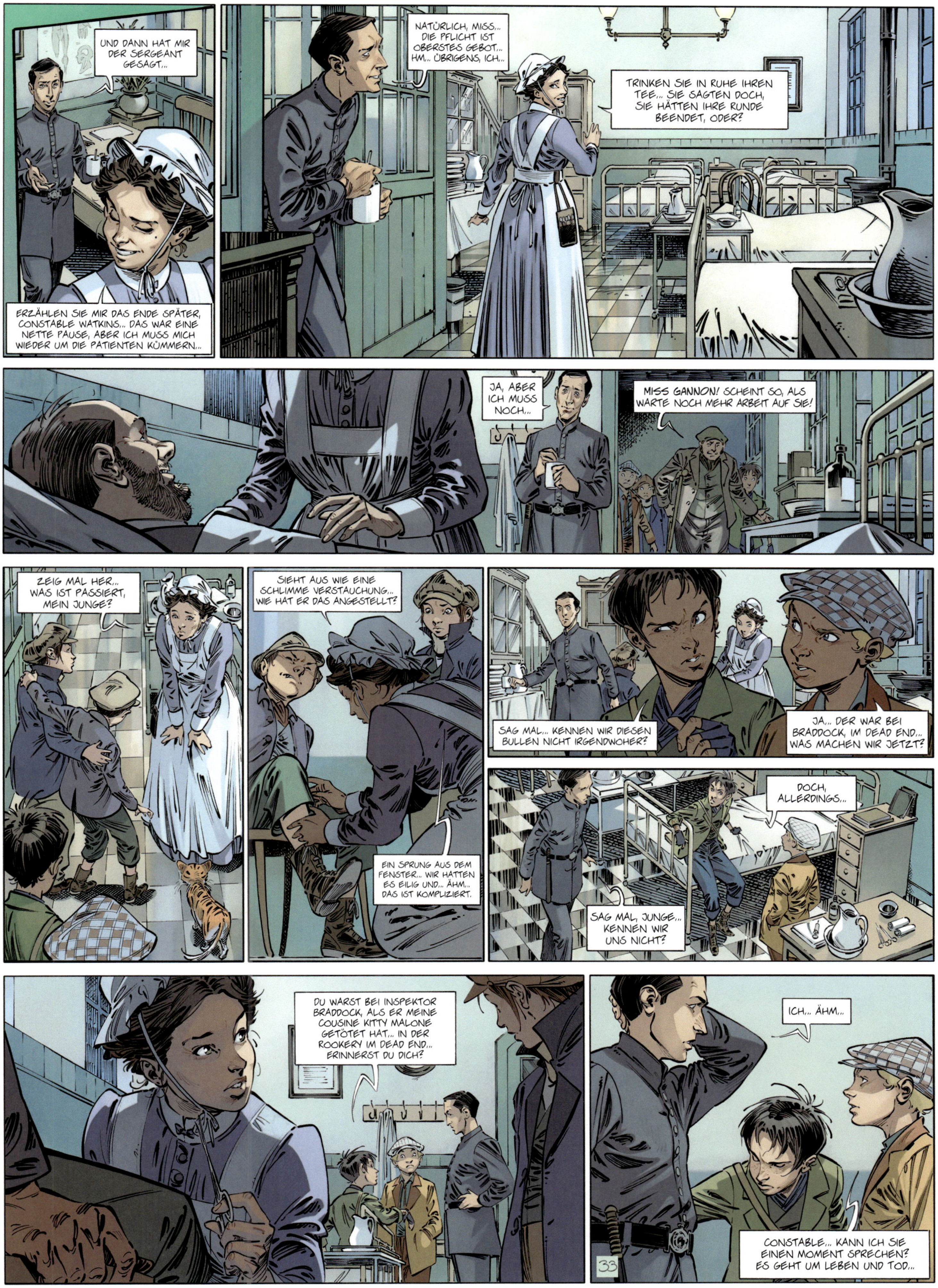
UND DANN HAT MIR DER SERGEANT GESAGT...
ERZÄHLEN SIE MIR DAS ENDE SPÄTER, CONSTABLE WATKINS... DAS WAR EINE NETTE PAUSE, ABER ICH MUSS MICH WIEDER UM DIE PATIENTEN KÜMMERN...
NATÜRLICH, MISS... DIE PFLICHT IST OBERSTES GEBOT... HM... ÜBRIGENS, ICH...
TRINKEN SIE IN RUHE IHREN TEE... SIE SAGTEN DOCH, SIE HÄTTEN IHRE RUNDE BEENDET, ODER?
JA, ABER ICH MUSS NOCH...
MISS GANNON! SCHEINT SO, ALS WARTE NOCH MEHR ARBEIT AUF SIE!
ZEIG MAL HER... WAS IST PASSIERT, MEIN JUNGE?
SIEHT AUS WIE EINE SCHLIMME VERSTAUCHUNG... WIE HAT ER DAS ANGESTELLT?
EIN SPRUNG AUS DEM FENSTER... WIR HATTEN ES EILIG UND... ÄHM... DAS IST KOMPLIZIERT.
SAG MAL... KENNEN WIR DIESEN BULLEN NICHT IRGENDWOHER?
JA... DER WAR BEI BRADDOCK, IM DEAD END... WAS MACHEN WIR JETZT?
DOCH, ALLERDINGS...
SAG MAL, JUNGE... KENNEN WIR UNS NICHT?
DU WARST BEI INSPEKTOR BRADDOCK, ALS ER MEINE COUSINE KITTY MALONE GETÖTET HAT... IN DER ROOKERY IM DEAD END... ERINNERST DU DICH?
ICH... ÄHM...
CONSTABLE... KANN ICH SIE EINEN MOMENT SPRECHEN? ES GEHT UM LEBEN UND TOD...

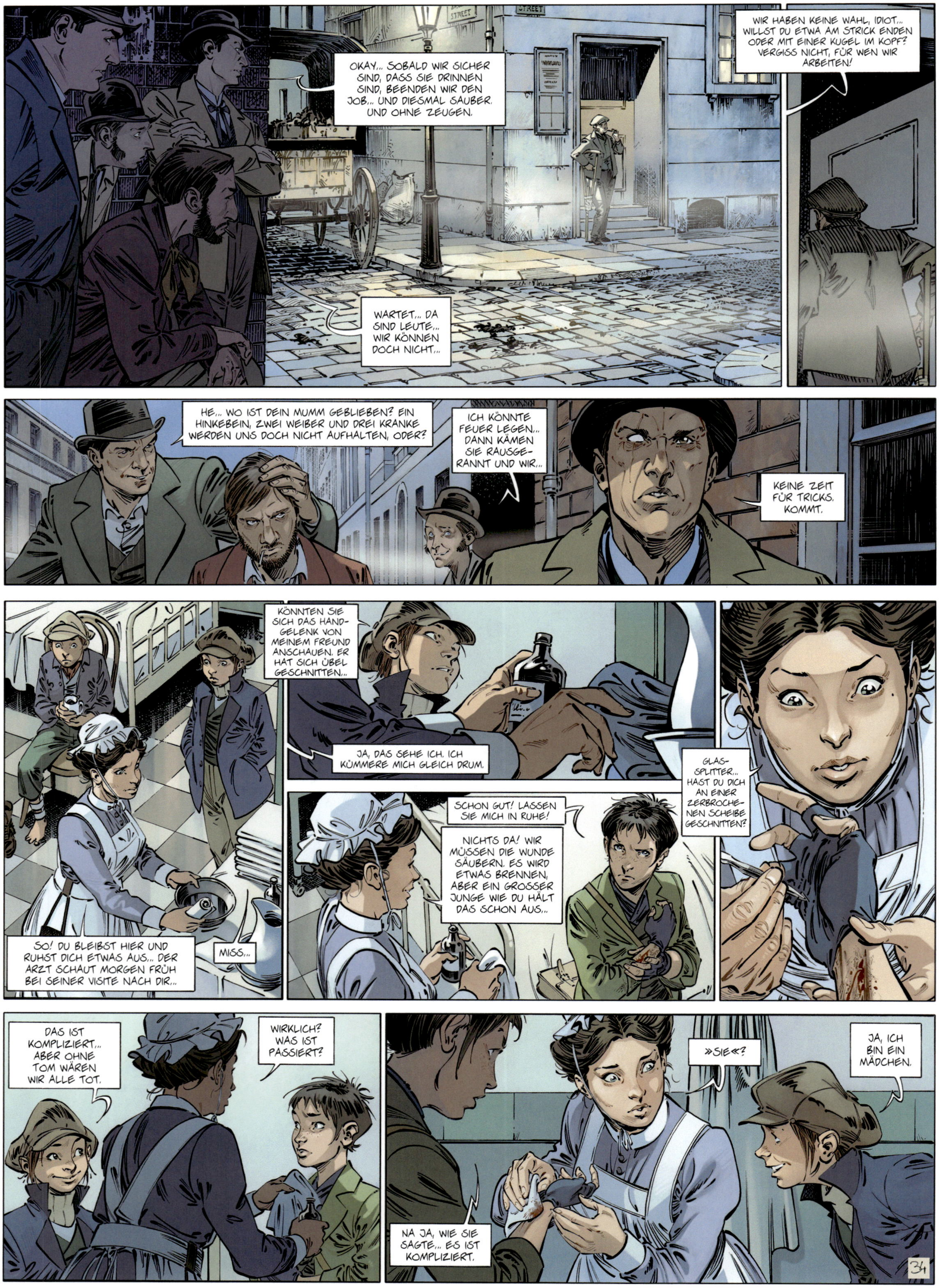

OKAY... SOBALD WIR SICHER SIND, DASS SIE DRINNEN SIND, BEENDEN WIR DEN JOB... UND DIESMAL SAUBER. UND OHNE ZEUGEN.
WARTET... DA SIND LEUTE... WIR KÖNNEN DOCH NICHT...
WIR HABEN KEINE WAHL, IDIOT... WILLST DU ETWA AM STRICK ENDEN ODER MIT EINER KUGEL IM KOPF? VERGISS NICHT, FÜR WEN WIR ARBEITEN!
HE... WO IST DEIN MUMM GEBLIEBEN? EIN HINKEBEIN, ZWEI WEIBER UND DREI KRANKE WERDEN UNS DOCH NICHT AUFHALTEN, ODER?
ICH KÖNNTE FEUER LEGEN... DANN KÄMEN SIE RAUSGERANNT UND WIR...
KEINE ZEIT FÜR TRICKS. KOMMT.
SO! DU BLEIBST HIER UND RUHST DICH ETWAS AUS... DER ARZT SCHAUT MORGEN FRÜH BEI SEINER VISITE NACH DIR...
MISS...
KÖNNTEN SIE SICH DAS HANDGELENK VON MEINEM FREUND ANSCHAUEN. ER HAT SICH ÜBEL GESCHNITTEN...
JA, DAS SEHE ICH. ICH KÜMMERE MICH GLEICH DRUM.
SCHON GUT! LASSEN SIE MICH IN RUHE!
NICHTS DA! WIR MÜSSEN DIE WUNDE SÄUBERN. ES WIRD ETWAS BRENNEN, ABER EIN GROSSER JUNGE WIE DU HÄLT DAS SCHON AUS...
GLASSPLITTER... HAST DU DICH AN EINER ZERBROCHENEN SCHEIBE GESCHNITTEN?
DAS IST KOMPLIZIERT... ABER OHNE TOM WÄREN WIR ALLE TOT.
WIRKLICH? WAS IST PASSIERT?
»SIE«?
JA, ICH BIN EIN MÄDCHEN.
NA JA, WIE SIE SAGTE... ES IST KOMPLIZIERT.
34

SHERLOCK HOLMES LEBT? SAG MAL, JUNGE, SEH ICH AUS, ALS WÄR ICH VON GESTERN?
ETWAS SCHON... JETZT HÖREN SIE DOCH: ES SIND KILLER HINTER IHM HER! SIE MÜSSEN SOFORT INSPEKTOR LESTRADE INFORMIEREN! ER WEISS, DASS HOLMES LEBT! VIELLEICHT GLAUBEN SIE JA IHM!
UND WER SIND DIESE KILLER? WOHL DER TEUFLISCHE PROFESSOR MORIARTY UND SEINE GANG?
IHR BOSS IST COLONEL MORAN! DEN KENNEN SIE SICHER NICHT, ABER ER WAR MORIARTYS RECHTE HAND... DIE ANDEREN KENNE ICH NICHT. ABER ICH KANN SIE BESCHREIBEN: EINER HAT EIN WEISSES AUGE UND...
EIN WEISSES AUGE? HAT ER NICHT AUCH ZUFÄLLIG EIN HOLZBEIN UND EINEN PAPAGEI AUF DER SCHULTER?
BITTE...
ICH GLAUBE, DER HERR IST VERLETZT...
VERDAMMT!
MISS! VORSICHT!
EINEN MOMENT, GENTLEMEN! ICH HABE EIN PAAR FRAGEN AN SIE...
DIESER ABEND IST WIE VERHEXT...
VERFLUCHTE BOBBIES... IMMER AM FALSCHEN ORT...
35

TSCHULDI-
GUNG!

KLANG
WHACK!
HAHA! SIE WOLLEN WOHL DIE HELDIN SPIELEN, WAS?
ZURÜCK, DU SCHEUSAL! LEBEND KRIEGT IHR...
DU SAGST ES!
!?
DAS WIRST DU MIR BÜSSEN, DRECKIGE, KLEINE ZECKE...
37

FASS SIE NICHT AN!
KEINE ANGST, MISS GANNON! ICH KOMME!
NA SCHÖN...
MISS MÖCHTEGERN-FLORENCE-NIGHTINGALE UND ICH GEHEN JETZT GANZ LANGSAM ZUR TÜR... BEI DER ERSTEN BEWEGUNG STECH ICH SIE AB WIE EINE SAU... KAPIERT?
MISTKERL!
WIR HAUEN AB!
HE, WAS ZUM...
ELEANOR...
MIR GEHT'S GUT. ICH GLAUBE, ES WIRD ZEIT, VON IHRER PFEIFE GEBRAUCH ZU MACHEN, HENRY...
38

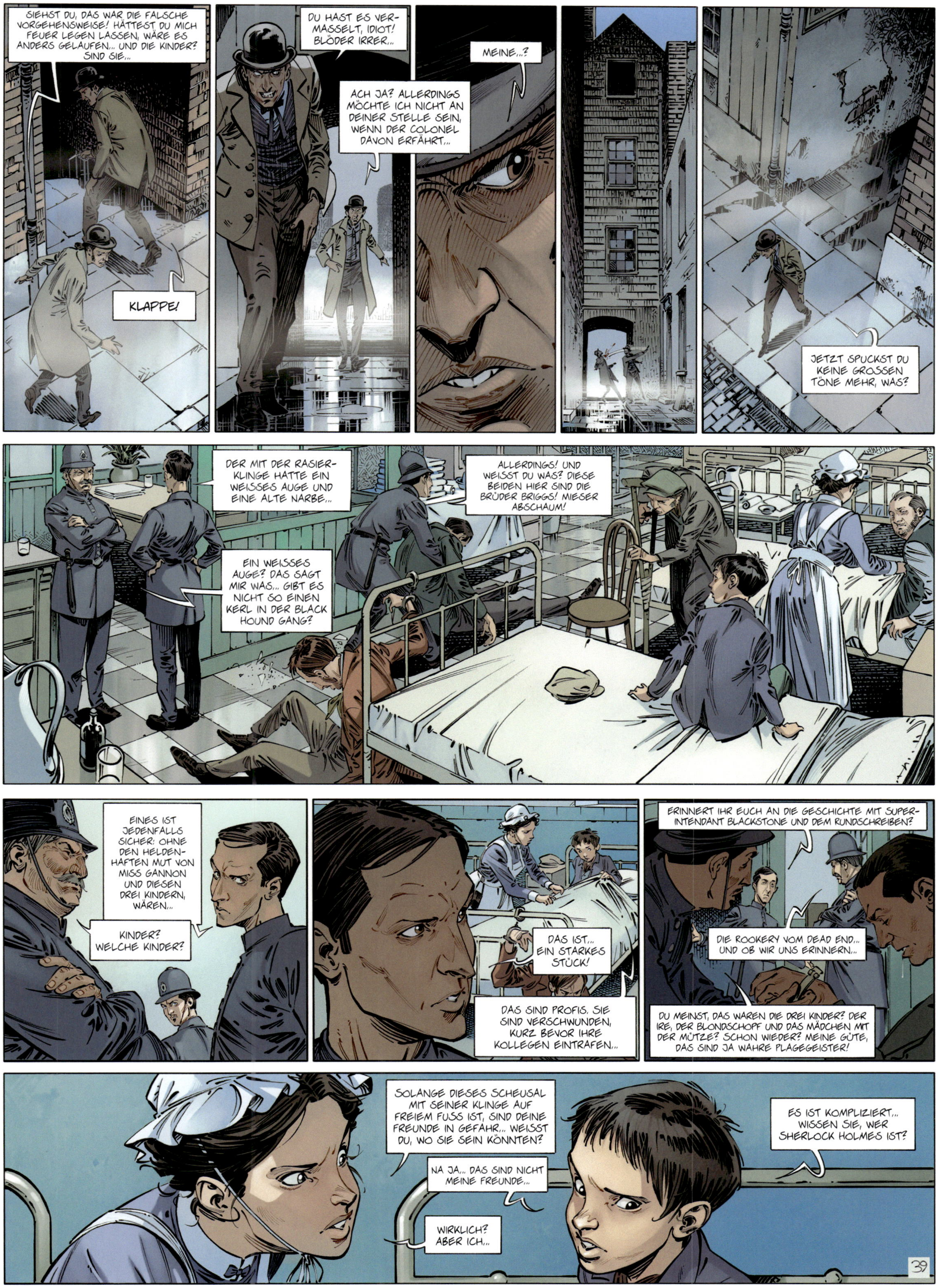

SIEHST DU, DAS WAR DIE FALSCHE VORGEHENSWEISE! HÄTTEST DU MICH FEUER LEGEN LASSEN, WÄRE ES ANDERS GELAUFEN... UND DIE KINDER? SIND SIE...
KLAPPE!
DU HAST ES VERMASSELT, IDIOT! BLÖDER IRRER...
ACH JA? ALLERDINGS MÖCHTE ICH NICHT AN DEINER STELLE SEIN, WENN DER COLONEL DAVON ERFÄHRT...
MEINE...?
JETZT SPUCKST DU KEINE GROSSEN TÖNE MEHR, WAS?
DER MIT DER RASIERKLINGE HATTE EIN WEISSES AUGE UND EINE ALTE NARBE...
EIN WEISSES AUGE? DAS SAGT MIR WAS... GIBT ES NICHT SO EINEN KERL IN DER BLACK HOUND GANG?
ALLERDINGS! UND WEISST DU WAS? DIESE BEIDEN HIER SIND DIE BRÜDER BRIGGS! MIESER ABSCHAUM!
EINES IST JEDENFALLS SICHER: OHNE DEN HELDENHAFTEN MUT VON MISS GANNON UND DIESEN DREI KINDERN, WÄREN...
KINDER? WELCHE KINDER?
DAS IST... EIN STARKES STÜCK!
DAS SIND PROFIS. SIE SIND VERSCHWUNDEN, KURZ BEVOR IHRE KOLLEGEN EINTRAFEN...
ERINNERT IHR EUCH AN DIE GESCHICHTE MIT SUPERINTENDANT BLACKSTONE UND DEM RUNDSCHREIBEN?
DIE ROOKERY VOM DEAD END... UND OB WIR UNS ERINNERN...
DU MEINST, DAS WAREN DIE DREI KINDER? DER IRE, DER BLONDSCHOPF UND DAS MÄDCHEN MIT DER MÜTZE? SCHON WIEDER? MEINE GÜTE, DAS SIND JA WAHRE PLAGEGEISTER!
SOLANGE DIESES SCHEUSAL MIT SEINER KLINGE AUF FREIEM FUSS IST, SIND DEINE FREUNDE IN GEFAHR... WEISST DU, WO SIE SEIN KÖNNTEN?
NA JA... DAS SIND NICHT MEINE FREUNDE...
WIRKLICH? ABER ICH...
ES IST KOMPLIZIERT... WISSEN SIE, WER SHERLOCK HOLMES IST?
39

So, mein guter Watson... der letzte Akt kann beginnen.
Die Kulisse ist bereit, die Handlung schreitet ihrer unabänderlichen Auflösung entgegen...
Nur noch die Schauspieler müssen ihren Bühnenauftritt meistern...
25
DISTRICT RAILWAY
Wissen Sie, Watson, ich sehne mich auch danach, dass diese Sache ein Ende findet...
... dass ich wieder in die Baker Street ziehen...
... und die Reichenbachfälle sowie East End vergessen kann...
... und dass das Kapitel Moriarty abgeschlossen ist.
Aber Schluss mit dem Geschwätz...
Der Moment ist gekommen.
40

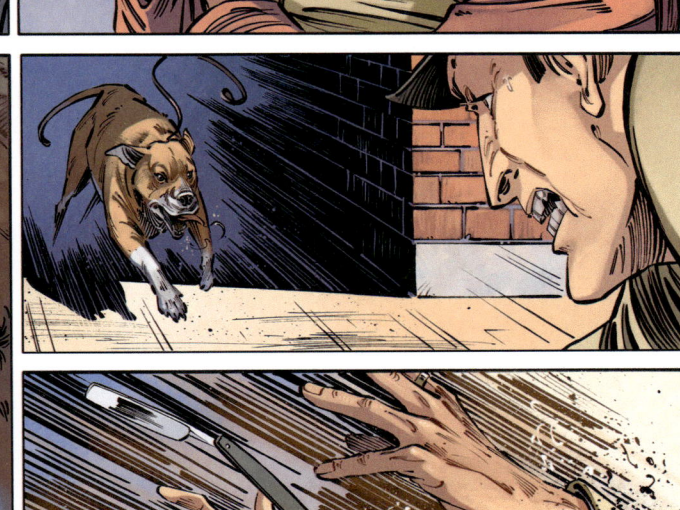

DU WOLLTEST BEI DEN GROSSEN MITSPIELEN, STIMMT'S? DANN HEUL JETZT NICHT...

NA, ÜBERRASCHT? DIE BUDE IST ABGEBRANNT, ABER ICH NICHT! WAS SAGST DU DAZU, EINAUGE?

BIST DU VERLETZT? SOLL ICH HILFE HOLEN?

HE, DEADEYE...

OHO! DAS WAR ETWAS ZU LAHM!

RIPPER!

FASS!

44

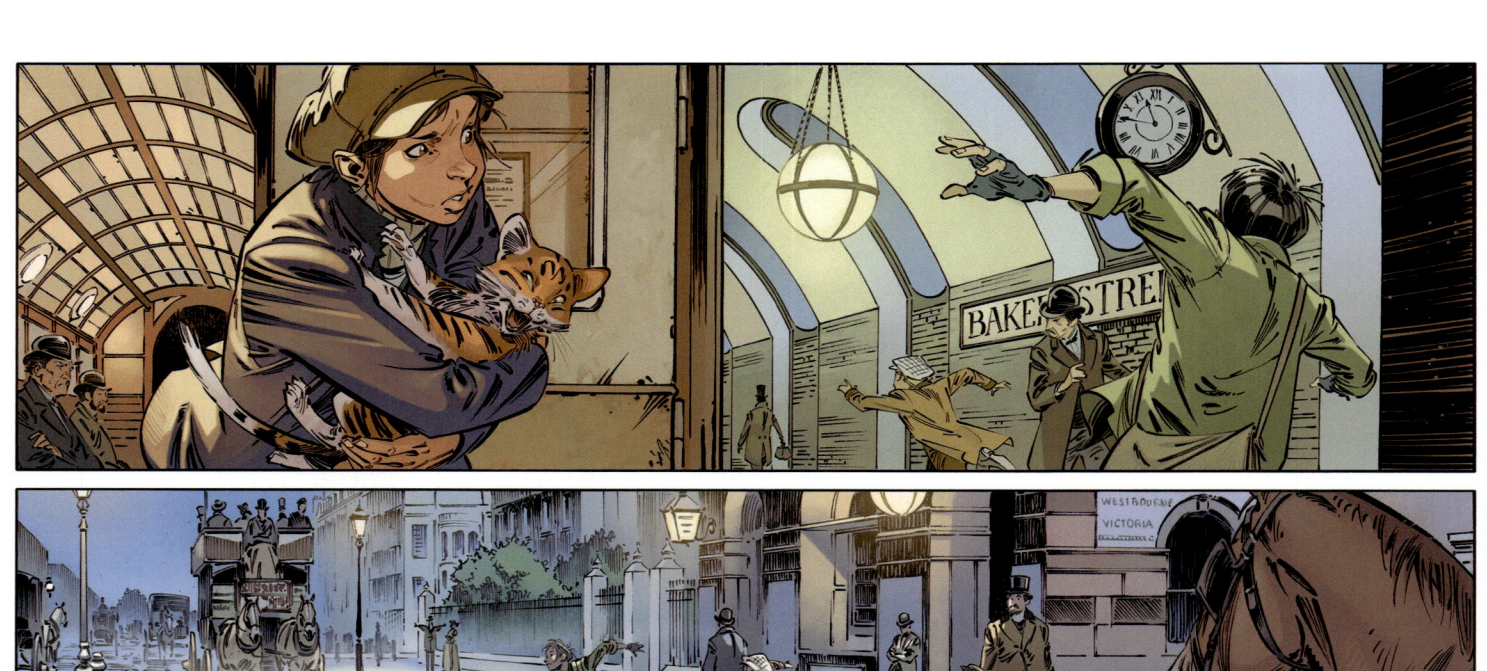

KLING

45

MISTER HOLMES!
KINDER?! ABER WAS...
WARTET!
VORSICHT! NICHT REINGEHEN!
NEIN!
MISTER HOLMES!
DUCKT EUCH, ODER WOLLT IHR ETWA STERBEN, IHR DUMMKÖPFE?

GUTER SCHUSS!

SIE HABEN EINEN VOLLTREFFER GELANDET... COLONEL... EINE KUGEL IN DEN NACKEN, NICHT WAHR? DIESES LUFTGEWEHR IST WIRKLICH FANTASTISCH. ABSOLUT PRÄZISE... UND PRAKTISCH LAUTLOS.

HOLMES! ABER WIE...

ANFÄNGERNIVEAU, MEIN GUTER MORAN! ES WUNDERT MICH, DASS EINE SO EINFACHE STRATEGIE EINEN ERFAHRENEN JÄGER WIE SIE TÄUSCHEN KONNTE...

BEI DER TIGERJAGD IN INDIEN, HABEN SIE DOCH SICHER ZUWEILEN EINE ZIEGE ALS KÖDER AN EINEN BAUM GEBUNDEN...

SIE HABEN EINE WACHSFIGUR ERLEGT, EIN GESCHENK AUS MADAME TUSSAUDS WACHSFIGURENKABINETT, DAS ICH VOR EINIGEN JAHREN ALS DANK FÜR MEINE GEDULD BEIM POSIEREN ERHALTEN HABE.

EINE PERFEKTE REPLIK, NICHT WAHR?

DÄMON...

ICH WUSSTE, DASS CAMDEN HOUSE MIT SEINER FREIEN SICHT AUF DIE 221B IHR INTERESSE WECKEN WÜRDE... DER IDEALE ORT FÜR UNSER WIEDERTREFFEN, FINDEN SIE NICHT?

ALSO HABE ICH MEINEN BRUDER MYCROFT GEBETEN, DIESES GEBÄUDE IN ALLER DISKRETION ZU MIETEN, UM SICHERZUGEHEN, DASS ES UNBEWOHNT BLEIBT... WER ANDEREN EINE GRUBE GRÄBT, FÄLLT SELBST HINEIN, COLONEL!

SIE SIND WIRKLICH TEUFLISCH RAFFINIERT...

ABER ICH HABE NOCH EINE LETZTE KARTE!

BLAAM!
SO HÖRT DOCH, ALLES IST GUT! MISTER HOLMES HAT ALLES MIT INSPEKTOR LESTRADE ABGESPROCHEN UND...
HE... DAS WAR DOCH EIN SCHUSS!
DAS KAM AUS DEM HAUS GEGENÜBER! DORT HAT SICH MORAN VERSCHANZT! ABER DAS WAR NICHT SEIN LUFTGEWEHR! DAS WAR GANZ SICHER DIE WAFFE DES DOKTORS!
WATSON!
BILLY! WARTE!
MISTER HOLMES! WIR KOMMEN!
BILLY! WAS MACHST DU DENN? KOMM ZURÜCK!
HOLMES... MORAN... ER WIRD...
DER KOMMT NICHT WEIT. JETZT SIND LESTRADE UND SEINE MÄNNER DRAN! ICH BLEIBE BEI IHNEN, JOHN.
46

KEINE BEWEGUNG, COLONEL!
ICH NEHME SIE WEGEN DES MORDES AN DEM EHRBAREN RONALD ADAIR UND WEITERER VERGEHEN FEST...
ICH HOFFE, SIE BESITZEN GENUG ANSTAND, UM SICH WIE EIN GENTLEMAN ZU ERGEBEN...
TJA, SIE LASSEN MIR KAUM EINE WAHL...
EINE WAFFE ZU ZÜCKEN IST JA SCHÖN UND GUT...
... ABER MAN MUSS DEN MUT HABEN ABZUDRÜCKEN!
HAU AB, DU SCHABE!
INSPEKTOR! ALLES IN ORDNUNG?
IHM NACH, IHR IDIOTEN! SCHNELL!
DZZIING
47

RAAAAH!

IHR SCHON WIEDER?! DIESER VERFLUCHTE DEADEYE KRIEGT WAS ZU HÖREN! ABER ERST MAL...

AUS DEM WEG, IHR ZECKEN!

BILLY!

DAS MÄDCHEN...

ZECKEN SIND ZÄH, WAS?

WAFFE FALLEN LASSEN...

DIESES MAL HABE ICH DEN MUMM ABZUDRÜCKEN.
ETWAS MEHR RESPEKT, GENTLEMEN! ICH BIN EIN EHEMALIGER OFFIZIER DER ARMEE IHRER MAJESTÄT...
SIE SIND EIN SCHURKE UND EIN MÖRDER.
UND EIN FALSCH-SPIELER.
ICH? WAS FÄLLT IHNEN EIN?
WAS TREIBT IHR DENN HIER, VERFLUCHT?
LESTRADE...
DOKTOR!
DOKTOR WATSON BRAUCHT ÄRZTLICHE HILFE... ICH BRINGE IHN INS NÄCHSTE KRANKENHAUS! KÜMMERN SIE SICH UM DEN COLONEL!
WARTEN SIE! ICH RUFE EINE KUTSCHE!
TOM...
ALLES OKAY, CHARLIE?
NEIN...
CHARLIE!
CHARLIE!

ICH GLAUBE, SIE KOMMT ZU SICH... CHARLIE?
MISS... ÄHM... WIE WAR NOCH... BIN ICH IM ARMENSPITAL?
NEIN, DU BIST IM KRANKENHAUS. HIER ARBEITE ICH NORMALERWEISE. UND ICH HEISSE »MISS GANNON«...
WAS IST DENN...
SCHHT. BLEIB LIEGEN. DU WURDEST GERADE OPERIERT. EIN MESSERSTICH...
EIN NEPALESISCHES KUKRI, GENAUER GESAGT. DIE KLINGE HAT DEINE RIPPEN GESTREIFT...
DOKTOR WATSON!
WIR BEIDE HATTEN GROSSES GLÜCK... VOR UNS KONNTE NUR HOLMES SICH DAMIT BRÜSTEN, MORAN ENTKOMMEN ZU SEIN... ABER DIE JAGDPARTIE IST NUN ENDGÜLTIG ZU ENDE.
GEHT ES DIR GUT, CHARLIE?
JA... ES IST NUR... ICH LIEGE ZUM ERSTEN MAL IN EINEM RICHTIGEN BETT...
HOSPITAL
UND... ÄHM... MEIN KATER? IST ER...
KEINE SORGE! DER ANDERE WATSON GENIESST ZURZEIT DIE WARME STUBE VON MISSES HUDSON...
UND COLONEL MORAN...
DER IST MIR EGAL... ICH WILL TOM UND BILLY SEHEN.
MEINE HERREN, SIE WERDEN VERLANGT!
50

MACHT EUCH KEINE SORGEN, JUNGS...
DIE KÖNNEN DEM COLONEL NICHTS ANHABEN! ER WIRD UNS IM HANDUMDREHEN HIER RAUSHOLEN...
HALT DIE KLAPPE, OKAY?
DOING DOING
DAS SPIEL IST AUS, COLONEL... SIE MÜSSEN SICH WEGEN MEHRERER MORDE VERANTWORTEN, DARUNTER DIE IHRES EHEMALIGEN KOMPLIZEN DESMOND KEENE UND DEM EHRBAREN RONALD ADAIR... IHRE ERFOLGLOSEN VERSUCHE MICH BETREFFEND ERLASSE ICH IHNEN...
REDEN SIE NUR WEITER... ABER SIE WISSEN SO GUT WIE ICH, DASS ICH NIEMALS VOR GERICHT GESTELLT WERDE.
BRINGEN SIE MICH VOR EIN TRIBUNAL, UND ICH WERDE MIT FREUDEN ALLES ERZÄHLEN, WAS ICH ÜBER MORIARTYS MACHENSCHAFTEN MIT SUPERINTENDANT BLACKSTONE WEISS... SKANDAL, AUFRUHR, CHAOS IM HERZEN DES KÖNIGREICHS... DIE LEUTE, DIE DIESES LAND WIRKLICH REGIEREN, WERDEN DAS NIE ZULASSEN.
WIRKLICH? UND WAS WERDEN SIE IHRER MEINUNG NACH TUN?
VERHANDELN. SIE WERDEN DIE REGIERUNG UND MICH VERSCHONEN. ICH RETTE MEINE HAUT UND WERDE AUF MEINE ALTEN TAGE UNTER HAUSARREST GESTELLT, WENN ES IHRER MAJESTÄT BELIEBT... ABER MAN WIRD MIR NIE DEN PROZESS MACHEN.
UND SIE WERDEN NIEMALS DIE WAHRHEIT OFFENBAREN KÖNNEN.
MYCROFT?
SHERLOCK... DIESE HERREN WÜNSCHEN EINE PRIVATE UNTERREDUNG MIT DEM COLONEL...
VERSTEHE. DAS HOME OFFICE, VERMUTE ICH?
DER DIOGENES CLUB, MISTER HOLMES...
MEINE HERREN... WIR SIND UNTER GENTLEMEN, NICHT WAHR?
51

OFFICES TO BE LET MARKS
W. HAIRSINE CHEMIST
52 Elkin & Co. 52
DAILY NEWS
UND DANN?
MYCROFT HAT MIR IM KORRIDOR EINE ENDLOSE UND SCHWÜLSTIGE REDE ÜBER DIE STAATSRAISON UND HÖHERE INTERESSEN GEHALTEN... UND ICH BIN IN DIE BAKER STREET ZURÜCKGEKEHRT.
W. HAIRSINE CHEMIST
ABER SIE WUSSTEN SEHR WOHL, DASS ALLES SO ENDEN WÜRDE, ODER NICHT? LESTRADE HAT MIR VON IHREN UNTERHALTUNGEN ERZÄHLT... MORAN IST JETZT DAS HANDWERK GELEGT UND DAS IST DOCH ALLES, WAS ZÄHLT, NICHT?
DAS WAREN SINNGEMÄSS DIE WORTE MEINES LIEBEN BRUDERS...
NEUESTE AUSGABE! DIE VERBLÜFFENDE WIEDERAUFERSTEHUNG VON SHERLOCK HOLMES!
EXKLUSIVE ENTHÜLLUNGEN ÜBER DIE GEHEIMEN REISEN DES DETEKTIVS!
TIBET? KHARTUM... UND SOGAR FRANKREICH! WIRKLICH HOLMES, DASS SIE SOLCH EINE FANTASIE AN DEN TAG LEGEN!
SIE HABEN MICH ANGESTECKT... DURCH DAS LESEN IHRER »ERMITTLUNGSBERICHTE«... ÜBRIGENS, WAS DAS ANGEHT...
ICH HOFFE, DASS SIE ZU GEGEBENER ZEIT ÜBER DEN FALL MORAN SCHREIBEN WERDEN.
MYCROFT HAT MIR ABSOLUTES STILLSCHWEIGEN ABVERLANGT. ICH HABE IHM ZEHN JAHRE GEWÄHRT.
UND EIN PAAR UMGESTALTUNGEN DER WAHRHEIT...
UND SIE MÖCHTEN NATÜRLICH, DASS ICH IHRE REISE, DIE SELBST EINEM MARCO POLO WÜRDIG WÄRE, IN MEINE ERZÄHLUNG AUFNEHME? DANN KÖNNEN SIE JEDOCH MEINE NEIGUNG, DIE DINGE AUSZUSCHMÜCKEN, NICHT MEHR VERSPOTTEN!
SIE KENNEN JA DEN SATZ VON NAPOLEON I.: »GESCHICHTE IST DIE LÜGE, AUF DIE MAN SICH GEEINIGT HAT.«
JA, DAS WAR NACH WATERLOO, GLAUBE ICH...
WATSON... WAS DIE BAKER STREET ANGEHT...
DARÜBER MUSS ICH NOCH NACHDENKEN, HOLMES.
52

BILLY? DU ARBEITEST JETZT HIER?

GANZ GENAU! ICH BIN SOZUSAGEN BEFÖRDERT WORDEN.

ABGESEHEN VOM SPIONIEREN HAT MICH MISTER HOLMES ALS PAGE EINGESTELLT! UND ER BRINGT MIR GANZ VIEL BEI...

WAS FÜR EINE ERFREULICHE NEUIGKEIT... UND WAS IST MIT CHARLOTTE UND TOM? SIND SIE AUCH NOCH »FREISCHÄRLER«?

UND OB! ICH MUSS SIE GLEICH WEGEN EINER SACHE TREFFEN... ICH WERDE IHNEN GRÜSSE AUSRICHTEN!

MISTER HOLMES ERWARTET SIE... IST ES DIESMAL SICHER? KOMMEN SIE DEFINITIV ZURÜCK?

SIE HABEN MICH ALLE IM STICH GELASSEN, DIESE RATTEN! WIE KONNTEN SIE MIR DAS ANTUN?

NA JA, DU MUSST DAS VERSTEHEN... NACH DEM, WAS PUCK IHNEN ERZÄHLT HAT...

KEIN WORT MEHR ÜBER DIESEN BASTARD! WENN ICH DRAN DENKE, WAS ICH ALLES FÜR IHN GETAN HAB...

DER WIRD NOCH SEIN BLAUES WUNDER ERLEBEN, WAS, RIPPER? DENEN WERD ICH'S SCHON ZEIGEN!

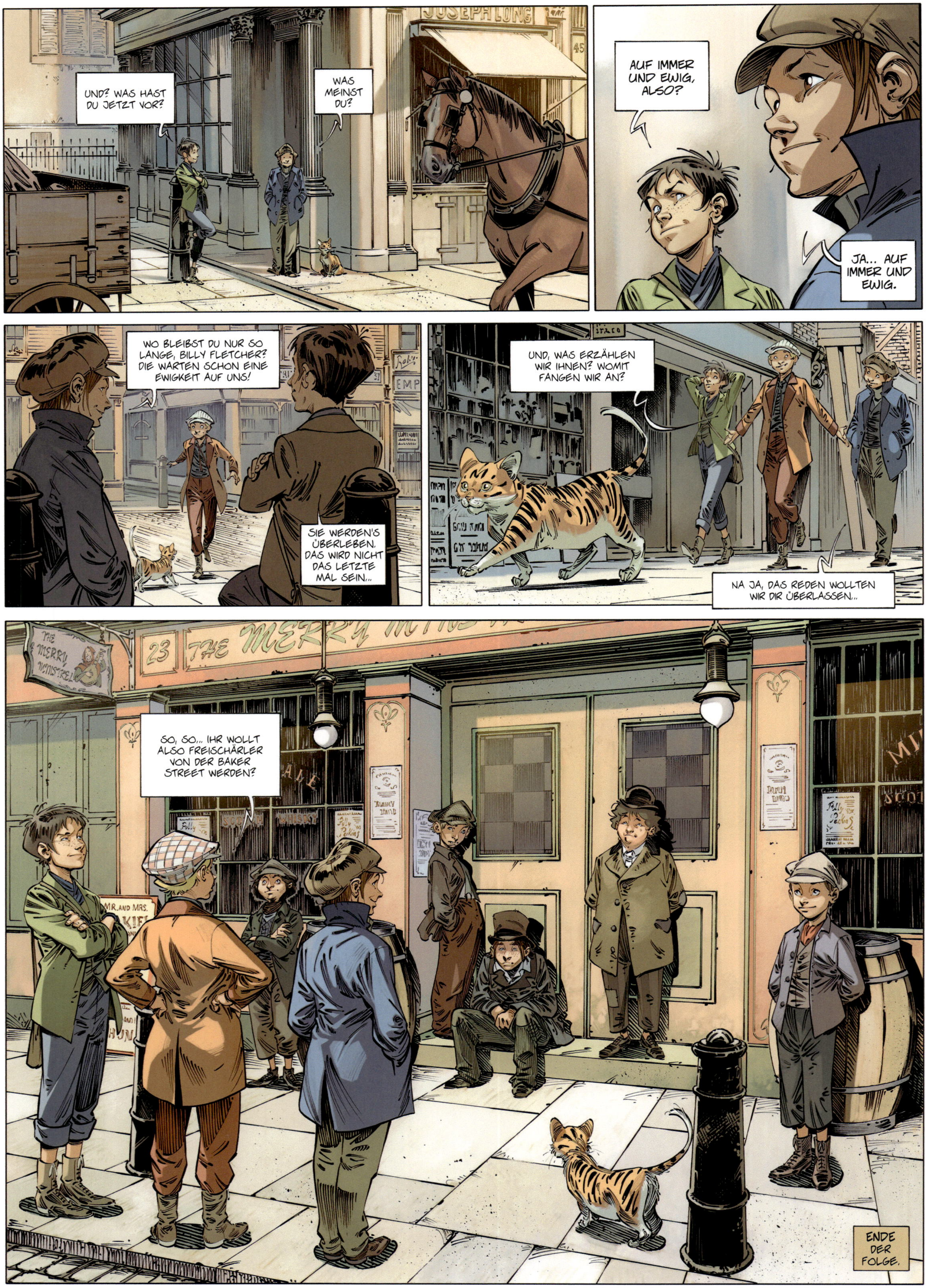
JOSEPH LONG
UND? WAS HAST DU JETZT VOR?
WAS MEINST DU?
AUF IMMER UND EWIG, ALSO?
JA... AUF IMMER UND EWIG.
WO BLEIBST DU NUR SO LANGE, BILLY FLETCHER? DIE WARTEN SCHON EINE EWIGKEIT AUF UNS!
SIE WERDEN'S ÜBERLEBEN. DAS WIRD NICHT DAS LETZTE MAL SEIN...
UND, WAS ERZÄHLEN WIR IHNEN? WOMIT FANGEN WIR AN?
NA JA, DAS REDEN WOLLTEN WIR DIR ÜBERLASSEN...
THE MERRY MINSTREL
SO, SO... IHR WOLLT ALSO FREISCHÄRLER VON DER BAKER STREET WERDEN?
ENDE DER FOLGE.